U0074893

繪本 0260

乖乖說對不起

責任編輯｜陳毓書　美術設計｜林家蓁　行銷企劃｜陳詩茵

天下雜誌群創辦人｜殷允芃　董事長兼執行長｜何琦瑜

兒童產品事業群

副總經理｜林彥傑　總編輯｜林欣靜　主編｜陳毓書　版權主任｜何晨瑋、黃微真

出版者｜親子天下股份有限公司｜地址｜台北市 104 建國北路一段 96 號 4 樓

電話｜（02）2509-2800　傳真｜（02）2509-2462　網址｜www.parenting.com.tw

讀者服務專線｜（02）2662-0332　週一～週五：09:00~17:30　讀者服務傳真｜（02）2662-6048　客服信箱｜parenting@cw.com.tw

法律顧問｜台英國際商務法律事務所‧羅明通律師　製版印刷｜中原造像股份有限公司

總經銷｜大和圖書有限公司　電話：（02）8990-2588

出版日期｜2020 年 9 月 第一版第一次印行　2023 年 2 月 第一版第四次印行

定價｜280 元　書號｜BKKP0260P　ISBN｜978-957-503-656-0（精裝圓角）

---------------------------- 訂購服務 ----------------------------

親子天下 Shopping｜shopping.parenting.com.tw

海外‧大量訂購｜parenting@cw.com.tw

書香花園｜台北市建國北路二段 6 巷 11 號

電話｜（02）2506-1635

劃撥帳號｜50331356

親子天下股份有限公司　www.parenting.com.tw

這本書屬於：

立即購買 >

乖乖說對不起

乖乖和媽媽一起逛超市，
她在那裡遇見好朋友花花。

乖ㄍㄨㄞ乖ㄍㄨㄞ和ㄏㄜ花ㄏㄨㄚ花ㄏㄨㄚ一ㄧ起ㄑㄧˇ，
兩ㄌㄧㄤˇ人ㄖㄣˊ推ㄊㄨㄟ著ㄓㄜ小ㄒㄧㄠˇ推ㄊㄨㄟ車ㄔㄜ去ㄑㄩˋ選ㄒㄩㄢˇ餅ㄅㄧㄥˇ乾ㄍㄢ。

乖乖走路東看西看。
砰！一不小心撞到花花。

花花跌倒好痛。
媽媽請乖乖向花花說
對不起，但是她不要。

媽媽和乖乖說：「說對不起是表示你看到花花跌倒大哭，你覺得很抱歉。」

媽媽說完後， 乖乖想了想，
轉身向花花說對不起。
花花笑了， 他們兩個又一起
推車逛超市。

咦～！前面好熱鬧，
是柳橙汁試喝特賣會。
乖乖和花花聽到了，
也跑去排隊。

排隊時，乖乖看到一位河馬先生一邊
走路一邊講手機，朝特賣會靠近……

砰！河馬先生撞倒桌子，
柳橙和果汁灑了一地。

特賣會被弄得亂七八糟，猴子店員很生氣，要求河馬先生道歉，但是他只顧著看手機上的訊息……

乖乖對河馬先生說：「你應該要說對不起，說對不起是表示你看到大家全身被弄髒，你覺得很抱歉。」

河馬先生聽了乖乖的話，低頭向大家說：「對不起。」；大家點頭原諒他。

接ㄐㄧㄝ著ㄓㄜ， 大ㄉㄚ家ㄐㄧㄚ動ㄉㄨㄥ手ㄕㄡ一ㄧ起ㄑㄧ整ㄓㄥ理ㄌㄧ，
乖ㄍㄨㄞ乖ㄍㄨㄞ和ㄏㄜ花ㄏㄨㄚ花ㄏㄨㄚ也ㄧㄝ來ㄌㄞ幫ㄅㄤ忙ㄇㄤ。
特ㄊㄜ賣ㄇㄞ會ㄏㄨㄟ很ㄏㄣ快ㄎㄨㄞ就ㄐㄧㄡ可ㄎㄜ以ㄧ重ㄔㄨㄥ新ㄒㄧㄣ開ㄎㄞ始ㄕ囉ㄌㄨㄛ！

寶貝，找到你了。

走出超市後，大家一起去吃點心。

乖乖開心的說：「我以後還要和媽媽
一起逛超市。」

乖乖學說對不起

對不起，我把衣服弄髒了！

謝謝媽媽幫我洗乾淨。

下次要小心唷！

好痛！

對不起撞痛你了！

沒關係，下次走路要注意喔

對不起，
吵到你們了！

沒關係！

有改進
就好了。